LE RETOUR DU
PRINCE D'ORANGE,
OU LES
PÊCHEURS DE SCHEVELINGE,

Comédie en deux Actes & en Profe.

Suivie d'un Divertiffement, Dédiée à S. A. S.
Monfeigneur le Duc Régnant de BRUNSWICK.

Par Madme. DORFEÜILLE,

Ancienne Comédienne du

ROI DE PRUSSE.

A LA HAYE,

Imprimée aux depens de l'Auteur & fe vend
chéz elle Maifon de Mr. HACHE. Marchand de Tabac dans le Pooten,
ainfi que chéz la plupart des
Libraires d'Hollande.

MDCCLXXXVII.

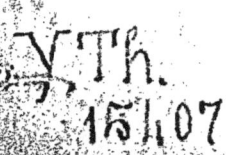

ACTEURS.

MAGDELAINE, Mere de Sophie.

SOPHIE, Jeune Payfanne.

GUILLAUME, Jeune Pêcheur, Amant de Sophie.

NICOLAS, Domeftique de la Mere Magdelaine.

LE PERE DE GUILLAUME.

NICODEME, Pêcheur, Amoureux de Sophie.

CLAUDINE, Servante, Femme de Nicolas.

UNE PETITE FILLE de la Haye.

Plufieurs Perfonnages pour le divertiffement.

La Scène eft à Schevelinge.

EPITRE DEDICATOIRE,

A

SON ALTESSE SÉRÉNISSIME

MONSEIGNEUR LE DUC REGNANT DE

BRUNSWICK ET DE LUNENBURG.
&c. &c. &c.

MONSEIGNEUR,

L'Ouvrage que j'ose vous dédier est bien foible sans doute ; mais le motif en est si beau, que je ne crains pas de compromettre votre Rang Auguste en le faisant paroître sous vos auspices. Les Ouvrages du Cœur doivent être comme les grands Hommes, au-dessus de la critique, ou si la critique ose les attaquer, c'est dans l'ombre, & déslors ses efforts sont impuissants ou ignorés. La Révolution que vos talens ont opérée & que ma plume ose célébrer, est une époque à jamais mémorable à laquelle l'envie elle même sera forcée d'applaudir. C'étoit Mars qui ramenoit Minerve.

Daignez vous souvenir, Monseigneur, en lisant cette médiocre production, que si la nature paroît avoir refusé aux Fem-

A 2   *mes*

mes l'exécution dans les arts, en revanche elle leur accorde à un dégré éminent le don de sentir le mérite & de l'apprecier.

Les anciens s'y-connoissoient : ils ont fait de la justice & de la renommée deux Femmes. C'est le plus bel éloge de mon Sexe.

L'une de ces deux divinités, Monseigneur, préside à toutes vos actions & l'autre les publie. M'est-il donc défendu de parler de vous comme cette dernière ? & pourrois-je vous offenser en disant tout bas : Et moi aussi j'ai un Cœur !

Je suis avec le plus profond respect,

De Votre Altesse Sérénissime,

MONSEIGNEUR,

La très-humble & très-obéïssante Servante,

DORFEUILLE.

AVIS

AVIS
AU
LECTEUR.

Cette Piéce a été composée les 4 ou 5 premiers jours de la révolution si desirée. J'en ai conçu l'idée au 18 Septembre & l'Ouvrage étoit fini au 23 du même mois. J'en parlai à cette époque au *Sr. Meisner* agent du *Sr. Storm Fils*, Directeur du Spectacle de la Haye.

Je crus que l'ouvrage d'une Femme auroit quelque chose de piquant & que mon Sexe pourroit me savoir gré d'avoir été dans ces moments heureux la première interprète des sentimens qui l'animent.

Je m'adressai donc au *Sr. Meisner* & je lui déclinai le Titre de ma Comédie, en lui communiquant mon dessein de la faire jouër au plutôt sur son Théatre. Le *Sr. Meisner* me répondit en termes assez peu Galants: (& j'en demande pardon pour lui) ,, *Madame je n'ai pas besoin de votre piéce; je paye un Poëte pour m'en faire une* * *laissez-moi tranquille*". On voit à cette Réponse que le *Sr. Meisner* n'a pas un grand usage du Monde. Il n'en est que plus à plaindre; passons. J'ajoutai: ,, *Monsieur Meisner, quand celle de votre Poëte sera jouée, la mienne, (pour la quelle je ne veux point être payée) pourra-t'elle avoir son tour?*"
non,

* C'étoit L'HEUREUSE JOURNÉE de Mr. Chevalier.

A 3

non, repliqua durement Meisner *j'en ai encore une autre de commandée.*

Affligée de la grossiereté du répréfentant de Mr. *Storm*, je ne perdis point courage. J'allai trouver Monfieur *de Bentink*, Grand Bailli de la Haye. Je lui expofai ce qui fe paffoit. il me plaignit, fit venir le *Sr. Storm* & lui confeilla de répréfenter mon Ouvrage Le *Sr. Storm* au mépris des avis de Monfieur le Comte *de Bentink*, m'a oppofé mille & une difficultés. Tantôt, c'étoit pour la diftribution des rôles, tantôt il exigeoit que je ne jouaffe pas dans ma piéce, quoique mon but en la compofant fût d'y remplir le rôle principal ; brûlant de prouver mon Zéle à l'Augufte Maifon d'Orange, non feulement par mes foibles effais litteraires, mais furtout par mes talents d'Actrice, dont je fuis infiniment plus jaloufe.

Laffe des refus qui fe fuccédent & des demarches vaines que le *Sr. Storm* m'occafionne, je prends le parti de publier ma piéce.

Je n'ajouterai aucune réflexion. Le public équitable les fera lui-même. La jaloufie & l'ignorance me repouffent. J'imprime ma Comédie, & j'ôfe dire avec une confiance modefte : public jufte ; voici mon Ouvrage, daignez le lire, & jugez nous.

LE RETOUR DU
PRINCE D'ORANCE,
OU LES
PECHEURS de SCHEVELINGE.
COMEDIE.

ACTE PREMIER.

*Le Théatre repréſente le Village de Scheve-
linge, la Mer dans le fond, la Maiſon
de Magdelaine ſur un des Côtés.*

SCENE PREMIERE.

GUILLAUME *ſeul, en Habit de devin, il
vient juſqu'à la Maiſon & s'arrête.*

Entrerai-je cette fois? mille craintes vien-
nent m'arrêtér encore. Pourquoi faut-il
que l'innocence ait quelquefois l'apparence du
crime? qui jamais eût pu penſer que j'aurois
beſoin de ce déguiſement pour rentrer à Schevelinge? quelle faute ai-je donc commiſe?....
âgé de quinze ans, ſans parents, ſans reſſour-
ce, méprifant une éducation qui me devenoit
inutile, je quitte la Maiſon où j'avais été élevé;
je me jette ſur ces bords, & je deviens Pêcheur. La bonne Magdelaine m'admet dans ſa
Mai-

Maison: je vois fa Fille, je l'aime, je lui plais, elle me l'accorde, & je crois toucher au bonheur. Qui pouvait le détruire? .... Mais tout change. La discorde enfante un Phantôme qu'elle arme contre notre Protecteur. La moitié de nos régions s'est soulevée contre l'autre: mon Pere est parmi eux, ce Pere que je ne connoissois pas! il me découvre, il m'appelle à lui. La raison cede à la nature, je pars & deviens criminel. Qu'aura dit la bonne Magdelaine? qu'aura pensé Sophie? ——— Je trouve mon Pere; il me rend une fortune que je ne soupçonnois pas. Mais je suis plus heureux, je le rends à la vertu: il devient le plus ferme appui du parti qu'il combattoit: Voilà ce que j'ai fait. Mais quel sera maintenant mon fort? mon Pere voudra-t'il jamais consentir à me donner Sophie! Sophie ellemême, sa Mere, voudront-elles me revoir chargé du crime dont elles me croyent souillé! depuis trois jours, je suis revenu dans ce Village; depuis trois jours j'hésite à me présenter devant elles. Tout le monde me regarde comme un devin: on vient de toutes parts me consulter. Heureusement mes réponses ne sont pas difficiles à trouver; les demandes ont toujours le Prince pour objet . . . j'apperçois Nicolas. Ne nous decouvrons point, & tâchons de savoir de lui dans quelle disposition Sophie & sa Mere sont pour moi.

SCE.

SCENE II.

GUILLAUME, NICOLAS.

NICOLAS, *sortant de la Maison de Mag elaine & appercevant le Devin.*

JE crai, mafi, que vlà tout juftement à point ce que notre Maîtreffe a demandé

GUILLAUME, *à part.*

Il me confidére avec bien de l'attention.

NICOLAS.

Monfieur, avec vôte permiffion, fans vous fâchai, voudriais - vous me dire fi c'eft vous que je cherche?

GUILLAUME.

Comment?

NICOLAS.

Oüi ; parceque notre Maîtreffe, elle m'a dit comme çà: Nicolas va t'en chercher ce Devin qu'eft ici ; & m'eft avis que fi c'eft vous, ma commiffion fera bientôt faite.

GUILLAUME.

C'eft moi qui fuis le devin. Votre Maîtreffe eft la Mere Magdelaine?

NICOLAS, *étonné.*

Oüi, Monfieur.

GUILLAUME.

Elle a une Fille nommée Sophie?

NICOLAS, *plus étonné.*

Oüi, Monfieur.

B   GUIL

GUILLAUME.

Qui devait époufer le jeune Guillaume ?

NICOLAS, *toujours plus étonné.*

Oüi, Monfieur.

GUILLAUME.

Votre Femme s'appelle Claudine ?

NICOLAS, *de même.*

Oüi, Monfieur.

GUILLAUME.

Et vous ne vous accordez jamais avec elle que pour aimer le Prince ?

NICOLAS, *laiffant tomber fes bras d'étonnement.*

Ah ! par ma fi, Monfieur, je vois bien qu'ous êtes Sorcier.

GUILLAUME.

Que veut de moi, votre Maîtreffe ?

NICOLAS, *va pour lui dire, & fe retient.*

...... Mais, morgué, vous le favez bien.

GUILLAUME.

N'importe, quoique je le fache très bien, il eft néceffaire que vous me le difiez encore.

NICOLAS.

Monfieur, vous faurez donc que notre Maîtreffe...d'abord c'eft une brave Femme ; & pis, vlà qu'alle a fait un rêve .... un rêve ... que ... mais venais avec moi, alle vous expliquera ben ça, car, mordibleu, alle jafe, alle jafe que c'eft un plaifir de l'entendre. Je l'écoute toujours, moi, fans rian dire ; venais, venais.

GUIL.

GUILLAUME.

Un moment. Dites-moi un peu, mon Ami:
que penfent votre Maîtreffe & Sophie fur le
départ du jeune Guillaume?

NICOLAS.

Ah! ma fine, alles penfent . . . mais Monfieur, vous voulais donc que je vous dife tout
cela, comme fi vous ne le faviais pas?

GUILLAUME.

Oüi; comme fi je ne le favais pas.

NICOLAS.

Ah ben Dame, Monfieu', comme vous voudrais. J'allons vous raconter tout çà comme
je pourrons. Si j'oublions qu'euque chofe en
tout cas, vous me le direz ben.

GUILLAUME.

Oüi; voyons.

NICOLAS.

D'abord, Monfieu'; faut vous dire que Monfieu' Guillaume . . ., ah ça il a mal fait de s'en
aller.

GUILLAUME.

Comment?

NICOLAS.

Mais fans doute; Je l'aimions tant ici. Où
ce qui pouvoit aller pour être mieux?

GUILLAUME, attendri.

Vous avez raifon. Mais, continuez.

NICOLAS.

Monfieu' Guillaume, il étoit ben favant, ben
honnête; eh ben avec tout fon favoir & fa
Gentilleffe, il eft parti un beau matin, avec un
fufil, fans rien dire à perfonne pour aller à la

guerre

guerre (*à voix baſſe*) contre le Prince, (*Guil-laume baiſſe la tête en ſoupirant & Nicolas éleve la voix.*) ah! Dame, not' Maitreſſe a été ben fâchée contre li, & pis Mamſelle Sophie auſſi:

GUILLAUME.

Sophie!

NICOLAS.

Oüi, fâchée tout de bon. ,, Comment mor-gué qu'alle diſait, li qui portait le nom du Prince! '' & maugré ça alle pleurait & elle pleure ben encore tous les jours.

GUILLAUME,

Elle pleure!

NICOLAS.

Oüi, par ma fi. C'eſt qu'alle l'aimoit ben, voyais vous ; ah! faut qui g'ni ait qu'euque choſe là dedans au deſſu' de not capacitai; car c'étoit un ben brave Garçon. & tenais je l'ai-me toujou' maugré ça. Oh! moi, je ſis tou-jou' pour Guillaume.

GUILLAUME.

Et s'il revenoit ?

NICOLAS.

Ah! il ne ſeroit pu tems.

GUILLAUME,

Pourquoi?

NICOLAS.

C'eſt que Mam'ſelle Sophie va ſe marier.

GUILLAUME,

Se marier!

NICOLAS.

Oüi, à Moſſieu' Nicodême. Elle ne s'en fou-

foucie pas elle, mais not Maîtreffe le veut, &
on n'attend que le Retour du Prince pour faire
la Nôce ; parce que not' Maîtreffe dit comme
ça qu'elle ne veut marier fa Fille que quand
il fera revenu. Et comme elle a rêvé s'te
nuit que . . . que . . . ma fi je ne fais pu'
ce qu'alle a rêvé, mais alle dit que ça veut
dire que le Prince reviant, & c'eſt pour ça
qu'alle envoie chercher le devin, & tenais
tenais, quand on parle du loup . . . le v'là
Monſieu' Nicodème. Vous v'là ben au fait à
préfent. ne bougez de là ; j'allons tout à s't'heure vous amener note Maîtreffe avec fon rêve.

SCENE III.

NICODÊME, GUILLAUME.

NICODÊME.

Ah! mardi Monfieur le devin, je fommes
ben aife de vou rencontrer ; auſſi bien j'avions
à vous parler ; & pisque vous v'là, j'allons vous
dire notre affaire. Vous faurez d'abord que
je nous appellons Nicodème.

GUILLAUME, *penfans à ce que lui a appris nicolas*

Qui l'auroit cru !

NICODÊMS.

Comment, qui l'auroit cru ! c'eſt pourtant
ben le propre nom de mon pere ; mais qn'à ça
ne tienne ; vous faurez que je fommes affriandés
d'amour pour une jeune fille qui demeure pas
loin d'ici.

B 3   GUIL.

GUILLAUME, *à lui même.*

Sophie !

NICODÉME.

Oui, Sophie ; vous avez justement deviné fon nom. morgué je voudrions favoir fi elle nous aime un tantinet, pour ce que je l'aimons, nous, de tout not' cœur.

GUILLAUME, *à lui même.*

Elle en époufe un autre !

NICODÉME.

Elle en époufe un autre ! avant que je l'epoufions ?

GUILLAUME, *à lui même.*

Il ne faut plus la voir. (*Il fort*)

SCENE IV.

NICODÉME, *feul.*

Oh ! ja prétendons ben la voir encore pour li dire un peu fon fait. Voyais pourtant c'en que c'eft que les femmes .... mais .. j'ons oublié de li demander une chofe, eh ! Mr. le Devin, Mr. le Devin ! ..... bah ! il eft déja ben loin. il a pû d'une affaire ce Garçon là. Ils font toujours autour de li plus d'une trentaine ; & quand reviendra s't'ici, & quand reviendra s'tèlà ?,, & morguienne, ils demandont tout la même chofe.

SCENE V.
NICOLAS NICODEME.

NICOLAS.

Monfieu' le devin voici .... eh ben v'là qui g'ni eft pu'as'theure. parlais donc, monfieu'

Nico-

Nicodême! quèu'que vous avez fait de ce devin que j'avions laissé la ?

NICODÉME.

Il est parti.

NICOLAS.

Eh! ben, vous avez fait un biau coup de le laisser en aller.

NICODÉME.

Pourquoi ça ?

NICOLAS.

Pardienne, c'est que voilà note maitresse qui descend pour li parler. (*à magdelaine qui entre*) mafine, vous ne le trouverais pu', monsieu' nicodême l'a effarouché. mais tenais - vous là ; jallons le recherchai : & mordibleu, i vieara ben avec nous, car im'a pris en amitié ; i m'a fait j'aser là pû d'un quart d'heure, pour le plaisir de m'entendre.

CLAUDINE, *femme de nicolas.*

Va donc, va donc, nigaud.

NICOLAS.

Nigaud! ben obligé not' femme (*il fort*)

SCENE VI.
SOPHIE, MAGDELAINE,
NICODEME, CLAUDINE.

MAGDELAINE, *gayement.*

Bon jour, Mr. Nicodeme.

SOPHIE.

Bon jour, Mr.

NICODÉME, *fâchi.*

Bon jour, bon jour.

MAG.

MAGDELAINE,

Queu'que vous avez donc, Mr. Nicodême ?
vous êtes ben serieux ; faut pas vous demander
si vous avez vu s'te nuit ce que j'ons rêvé !

NICODEME.

Ah! jarnigoi, je n'ons par rêvé nous; j'étions mardi ben éveillé & s'tilà qui nous parloit aussi.

MAGDELAINE

Quoique c'est donc qu'ous voulais dire?

NICODÉME.

Tenais, madame magdelaine ; faut pas tant
de raisons pour faire un mot, & comme dit
S't'autre, qui s'explique se fait entendre. je
ne voulons pu' de vot' fille.

CLAUDINE,

Eh! ben, v'là un joli compliment. il est
tourné comme s'tilà qui le fait.

MAGDELAINE,

Taisez vous claudine.... mais qu'eulle raison, Mr. Nicodême?...

NICODÉME.

Suffit que je savons ce que je savons ; &
que je ne voulons pas épouser les personnes
qui en épousont d'autres.

MAGDELAINE.

Comment donc, Mr. Nicodême?

'CLAUDINE, vivement.

Ah! si on ne m'avoit pas de'fendu de parler, comme je li laverions la tête. !

MAGDELAINE.

Ecoutais donc, Mr. nicodême? ça n'est pas
trop poli ce que vous nous dites là; & si je
n'etions pas tant joyeuse de not' rêve, je ne sais
pas comment je le prendrions.

CLU,

CLAUDINE.

Oh! je le prendrons ben comme i faut le
prenre, nous. d'abord, primé & d'une, avant
tout, je nous gauffons qu'ou nous quittais,
par ce que je ne vous aimons pas, ben au con-
traire; & quand même j'aurions eu la complaifance d'avoir pris de l'amour pour une
figure comme la vou', fauroit que je féyons ben
fotte de ne pas nous en défaire. dites-moi un
peu de quoi que je profiterions avec-vous? Ah!
Mr. Guillaume, Mr. Guillaume! c'eft s'tilà
qu'était gentil, qn'était poli, qu'était aimable.
il ne fe paffoit pas un jour qui ne nous appor-
tît des bouquets, des rubans, des oifiaux; auffi
je l'aimions de tout not' cœur! mais, vous, fi
j'etois de mam'felle Sophie, g'ni auroit non pu'
de place pour vous dans mon cœur, qui ni en a
pour le grand Turc, voyais vous?

MAGDELAINE.

Elle a queuque raifon de fe fâcher, Mr. Nicodeme. l'on ne viant point dire des chofes
comme ça aux gens fans favoir pourquoi.

NICODEME.

Comment, fans favoir pourquoi? quand c'eft
le devin qui me l'a dit.

MAGDELAINE,

Le devin!

SOPHIE.

Le devin!

NICODEME.

Oüi, le devin, le devin; qui nous avoit ben
commandé auffi de ne pu' revoir s'te mam'felle
Sophie. mais not' amour n'eft pas fi bien en-

C   raci-

raciné que je ne puiſſions nous en débaraſſer. &
pis on dit que le prince va revenir, & je ſerons
tretous dans la joye, & morgué je crierons tant
Viva! que j'oublierons not' chagrin. *Viva! Viva!
Viva!* (*il ſort.*)

SCENE VII.

SOPHIE, MAGDELAINE, CLAUDINE.

CLAUDINE.

Eh! ben, ce Mr. Nicodême, je voulions ben
en dire contre li; mais par ma fine, i m'a
fermé la bouche avec ſon *Viva.*

SOPHIE.

Oüi; c'eſt le cri de la réconciliation.

MAGDELAINE.

Eh! ben, Sophie, te v'là contente; tu n'épou-
leras pu' Mr. Nicodême.

SOPHIE.

Non, mais je pleurerai toujours Guillame.

MAGDELAINE.

Guillaume, Mam'ſelle, Guillaume! ſi vous
etiez raiſonnable, vous n'y penſeriez pu'.

SOPHIE.

Mais, ma mere, ſavons nous la raiſon?...

MAGDELAINE.

Queu' raiſon pouvoit i avoir de nous quitter?

SOPHIE.

Mais ma mere, s'il revenait, & qu'il nous
fît voir ſon innocence.

MAG.

MAGDELAINE.

Ma fille, eft-ce que je n'avons pas fu de bonne part qu'il étoit parti pour l'armée ? & comment veux tu qui s'excufe de cela ? eft-ce de nous, ma Sophie, qu'il a appris à oublier le prince, à marcher contre li ? (*Sophie cache des larmes*) tu pleures ma fille ? tu fais ben de cacher ces larmes là, elles déshonoront ta mere.

SOPHIE, *pleurant.*

Ah ! ma mere, pardon !

MAGDELAINE, *prend fa fille dans fes bras & l'embraffe avec tranfport.*

Ma Sophie, je vois ben que t'as un bon naturel, mon enfant ; ne t'aflige pas, tâche de te confoler. tiens, penfons à not' bon prince ; je le reverrons bentôt, va. il eft par trôp defiré pour qu'il n'arrive pas.

SOPHIE, *toute en pleurs.*

Oh ! pour cela, c'eft de tout notre cœur. il y aurait longtems qu'on ne l'attendroit plus, s'il étoit revenu du moment que Sophie l'a fouhaité !

CLAUDINE.

C'eft par tout comme ça. s'te famille là, i ne faut que la connaître pour l'aimer . . . mais voici Nicolas qui amene le devin. j'allons bentôt favoir fi vous avez rêvé la vérité, not' maitreffe ?

SCENE VIII.

SOPHIE, MAGDELAINE, GUILLAUME, CLAUDINE, NICOLAS.

NICOLAS.

Tenais, Mr. le devin, tenais ; là v'là la mere Magdelaine. not' maitreſſe, v'là le devin.

MAGDELAINE.

Mr. ! faites-nous la graçe de nous acouter un moment

CLAUDINE.

La grace ! g'ni a pas de grace à ça. je vou: lons vous conſulter ſur le prince. dam'on quitte tout pour ça. ne faut pas ſe faire prier pour parler de lui.

MAGDELAINE.

Tu ne te tairas pas ?

GUILLAUME.

Laiſſez la dire: ces ſentimens lui ſont honneur . . . . . maintenant racontez moi, je vous prie, ce rêve dont on m'a parlé, & pour lequel vous m'avez fait chercher.

MAGDELAINE.

Oüi, Mr., c'eſt un rêve ; mais un rêve ſi agriable, que j'ons ben de la peine à nous figurer que ce n'eſt qu'un rêve, & que je le regardons putôt comme qu'euque choſe en maniere de prophétie.

MAG.

CLAUDINE.

Ah! ma fine, si ce n'étoit pas comme ça, i ne saurait pû craire aux rêves, car stilà est bâti qu'on diroit qu'on l'a fait exprès.

MAGDELAINE.

(*à Claudine*) tais-toi donc. *Au devin.* I me sembloit donc s'te nuit que je voyais la Princesse, que je la voyais . . . mais alle n'étoit pas cheux elle. Elle étoit toute abattüe, toute éplorée, avec un visage . . . là . . . où ce que les malheureux lisiont ben qu'alle devoit être leu' meilleure amie. Dans son chagrin, alle fut trouver son Frere, alle lui nommit la Hollande; alle lui montrit son Epoux & ses Enfants, & m'est avis qu'alle li demandait une grace, mais avec des yeux si touchants que sa demande li fut accordée tout d'abord. Et de vrai, g'ni auroit eû ben de l'injustice à la li refuser.

NICOLAS. *s'essuyant les yeux.*

Ah! ça, on peut ben dire que. . . .

CLAUDINE.

Chut!

MAGDELAINE.

Après ça, i me fut avis que je voyais venir de loin une grande troupe d'Hommes avec des aigles sur de grands Bonnets. ils avancioint de not' côté; g'ni en avoit un devant les autres qu'étoit ben le pû' biau de tous & qui portait sur sa tête une courone de feüilles de chêne. ça nous embarassît. Je nous retournîmes vers un de ceux qui étiont là à regarder comme nous & qui s'étoit déjà ingéré de nous expliquer queuque chose. ,,quoique c'est donc, li dis-je, que stilà qui marche devant, & qui a si bonne

C 3   fa-

façon?" c'eſt un héros, me dit-il; & pis il me gliſſit ſon nom à l'oreille, ,, Ah! que je fis, j'aurois ben du le deviner· J'en avons tant entendu parler. Mais quoique veut dire s'te couronne de féüilles de chêne? Ah! me répondit-il, c'eſt une couronne civique; il a hérité ça de ſon Frere.

CLAUDINE, *embaraſſée.*

Civique?

NICOLAS, *d'un air capable.*

Civique, not' Femme.

MAGDELAINE.

Je n'entendîmes pas d'abord ce que ça vouloit dire, ce civique. Pas moins quand je réfléchiſsîmes à ce Frere, à ce qu'ils en avoint conté par ici, comme quoi i s'étoit noyé en voulant ſauver des gens qui périſſiont dans un fleuve * ... en Allemagne ... je comprîmes ben à peu près de quoi qu'il étoit queſtion avec s'te couronne, & i me ſut avis qu'alle convenoit ben à s'tilà qui en avoit hérité, piſqu'il venoit pour nous rendre la vie à tretous.

GUILLAUME.

Vous avez bien raiſon. Mais achevez de grace, achevez. On voit bien que votre cœur veilloit quand vous avez fait ce rêve.

MAGDELAINE.

Enfin tant i a que je l'avons vu, ce héros, s'avancer avec ſa troupe. Il a pris d'une main not' Prince; il a offert l'autre à la Princeſſe qui menait ſes Enfants à côté d'elle, & pis ce brave Homme les a ramenés en triomphe juſqu'à chez eux.

MAG·

---

* L'Oder.

NICOLAS, *ſtuplfait.*

Mardi, ça devoit être beau.

CLAUDINE.

Tais-toi donc, chien de bavard.

MAGDELAINE.

Ah! c'eſt quand ils arrivîrent qu'il falloit voir ça. Il ſembloit que c'étoit un Pere & une Mere que leurs Enfants retrouviont, on jettoit des cris de contentement; on ſe diſputoit pour en approcher, & ceux-là qui ſe trouvîrent les pu'près ſe mirent à les charger ſu'leurs épaules & les emportîrent juſqu'en leu' Maiſon. Tout le Monde pleuroit, le Prince, la Princeſſe, leurs Enfants: & moi, je n' pouvois pas m'empêcher de dire en m'eſſuyant les yeux, & en penſant à s'te chere Famille: . . . . v'là ben le plus heureux ménage de tout le pays! . . . V'là ce que le ciel m'a envoyé s'te nuit, Mr. le devin; v'là le préſent qui m'a fait. C'eſt à vous à nous dire ſi je verrons bientôt arriver not' rêve! Eh ben, répondez-nous donc? vous héſitai? Eſt-ce que le ciel auroit voulu me tromper par une fauſſe joye?

GUILLAUME.

Non, bonne Mere. Une moitié de votre rêve eſt déja accomplie, & je lis dans l'avenir l'accompliſſement de l'autre. Oüi, vous reverrez bientôt l'objet de votre amour. Le Prince va reparaître. Ses ennemis abattus ſerviront de dégrés à ſa gloire. J'entens les cris redoublés d'un peuple ennyvré de joye; je vois l'amour traîner le char de la vertu, & ce jour de ſon triomphe devenu ſacré pour nos derniers neveux.

NICO.

NICOLAS, *à sa Femme.*

Il faut que ce qui dit là soit ben beau, not'
Femme, car je n'y entendons goutte.

MAGDELAINE.

Ah! Mr., qu'elle vienne seulement s'te journée là; je nous figurons ben qu'alle sera belle.

SOPHIE.

Ah! si nos vœux pouvoient la hâter, nous
la verrions bientôt.

GUILLAUME.

Vous souhaitez donc bien ardemment le
retour du Prince?

SOPHIE.

Ah! Monsieur.

GUILLAUME.

Vous y avez un interêt particulier. Votre
mariage en doit être la suite.

MAGDELAINE.

Oh! pour ce qu'est de ce mariage là, il
n'en est pu' question. Monsieur Nicodême
nous est venu dire que vous l'en aviez dé-
goûté.

GUILLAUME,

Moi!

MAGDELAINE.

Oüi; lorsqu'il vous consultît ce matin. Au
reste, je nous en sommes consolés; car not'
Sophie, alle n'y mettait pas beaucoup d'empressement, & j'avions toujou' maille à partir
à s'te fin là, à cause, ne vous déplaise, qu'alle
s'étoit amourachée d'un certain Guillaume qu'é-
tait ben un brave garçon pour lors, mais depuis

puis . . . Ah! ne parlons pu' de ça; je ne le reverrons pu', faut croire. venais cheux nous, Mr. le Devin, venais. j'ons encore qu'euque explication à vous demander. Vians itou, vians, ma Fille.

SCENE IX

CLAUDINE, NICOLAS.

NICOLAS. *sortant d'une grande réflexion.*

M'est avis que v'là un Homme ben savant. sais-tu ben, Claudine, qu'il a deviné que t'étais not' Femme?

CLAUDINE,

Est-ce que tu l'as consulté?

NICOLAS.

Nenni; pas encore. Il était ben juste que je laississions la parférence à not' Maîtresse. Mais j'esperons ben tantôt . .

CLAUDINE:

Et quoi que tu li demanderas?

NICOLAS.

Morgué, je li demanderons . . . je li demanderons si tu nous es fidée.

CLAUDINE.

Et s'il allait te dire que non.

NICOLAS.

S'il me disait ça . . . . mais morgué est-ce qui me le dira?

D   CLAU

CLAUDINE.

Dam', que fait-on ?

NICOLAS.

Tu te gauffes de nous. Ah! ben accoute, si ça te fait de la peine, je ne le confulterons pas.

CLAUDINE.

Nennin, Nennin ; je ne voulons pas t'en empèchai.

NICOLAS.

Mais ça te fâchera.

CLAUDINE.

Nennin. J'allons feulement faire un petit marché avec toi.

NICOLAS.

Qu'eû marché?

CLAUDINE.

Que fi le devin ne te répond pas ce que je vians de te dire, je ne voulons plus te revoir.

NICOLAS.

Mais accoute donc, not' Femme?

CLAUDINE.

Va le confulter, not' Homme.

NICOLAS.

Ja t'affure, Claudine . . .

CLAUDINE.

Va chercher ton devin, Nicolas.

NICOLAS.

Mais . . .

CLAU.

CLAUDINE,

Tu feras ben aife d'apprendre un peu de nos nouvelles.

NICOLAS,

Mais morgué . . .

CLAUDINE,

Faut ben que tu faches un peu à quoi t'en tenir fu' not' compte.

NICOLAS,

Mais quant à ce qui eft de moi . . .

CLAUDINE,

Quant à ce qui eft de nous, je n'ons pas befoin de devin pour favoir que t'es un imbécille, un yvrogne, un pareffeux ; que j'avons fait eune fottife de t'époufer, & que j'en ferions une autre fi j'avions la complaifance de t'écouter davantage. (*elle fort.*)

NICOLAS,

Mais accoute donc, ma p'tite Claudine ?. . .

SCENE X.

NICOLAS, (*feul.*,

Alle eft morgué encore une fois fâchée De quoi que je nous fommes avifé auffi d'aller li parler de ce devin ? je devions ben favoir que les femmes ne les aimiont pas. Et puis elle a morgué raifon ; quoi qui nous en revienrait de favoir ça ? Alle n'en feroit pas moins not' Femme. Faut que j'allions faire la paix avec elle. Je favons ben de quoi qu'i faut li parler

D 2   pour

pour qu'alle nous accoute. J'allons li jaſer
qu'euque choſe ſu' le rêve de not' Maitreſſe.
ſauroit morgué qu'alle ſût ben en colere ſi alle
ne s'appaiſait pas.

Fin du premier Acte.

***
***
**
*

ACTE

●✿●✿●✿●✿●✿●✿●✿●✿●✿●✿●

ACTE II.

SCENE PREMIERE.

GUILLAUME, (*seul, sortant de chez Magdelaine.*

Sophie cherche à me consulter en secret. Claudine m'a dit qu'elle se rendroit sous ces arbres, où elle m'a prié de l'attendre. je vois renaître mes espérances & le bonheur que j'avois perdu. Le bonheur! osé-je l'espérer? oublié je donc la fortune de mon Pere? oublié je que ce Pere va m'éloigner de Sophie? Ah! j'eusse mieux fait sans doute de ne plus la revoir.

═══════════════════════

SCENE II.

GUILLAUME, NICODEME, & LE PERE.

NICODÉME, (*dans le fonds, au Pere,*

Monsieu', faut pas tant vous mocquai; s'il là est un sorcier, ou il n'y en a jamais eû. Et tenais, justement le v'là.

LE PERE. (*d'un ton noblement ironique.*
Monsieur est un devin?

GUILLAUME, (*à part.*)
Que vois je? me trompé-je? c'est mon pere, c'est lui-même, où me cacher?

D 3   NI-

NICODÉME, (au père)

Oui, oui; un devin; & je ferions ben étonné s'il ne vous donnait pas des nouvelles de Guillaume. quant à ce qui eft de nous, je vous avons déjà dit que je le connoiffons ben, Guillaume. c'etait morgué le pu' habile pêcheux de tout Schevelinge. mais g'ni a longtems qu'il eft parti, & je ne favons pas ce qu'il eft devenu. pas moins n'en foyez pas en peine ; je gageons ben que Mr. le Devin en faura qneuque chofe. (au devin) n'eft il pas vrai, Monfieu?

GUILLAUME, (avec embarras.)

Oüi, fans doute, je puis contenter Monfieur fur la perfonne qu'il cherche : mais il faut pour cela que nous foyons feuls. laiffez-nous, Mr. Nicodéme.

NICODÉME, (au père.)

Eh ! ben, Moffieu', vous avois je menti? g'ni a Morgué pas un autre homme comme s'tilà. il va vous mettre au fait en deux mots, comme il nous a fait ce matin pour not' Maitreffe. mais que je ne vous gênions pas. contais-li vos raifons ; je vous laiffons enfemble. à propos, acoutais donc, Monfieu'? . . . . . . vous m'avais dit que le prince reviant aujourd'hui, n'eft ce pas?

LE PÈRE.

Oüi, je crois pouvoir vous l'affurer.

NICODÉME.

Morgué, en ce cas là m'vient une idée. faut que j'allions trouver nos pêcheux qui font en mer. je crais que j'allons faire eune belle pêche ! j'y en réferverons le meilleur à not' prince, & puis,

puis, Monſieu', j'allons leu' porter des drapeaux Oranges : j'en mettrons ſur tous nos mats :
i ſeront ben etonnés ceux des villages qnand i
nous verront revenir ; morgué i ſeront comme
nous, ils en mettront ſu' leu' clochers.

LE PERE.

C'eſt ſort bien imaginé. mais où trouverez-vous
ces drapeaux ?

NICODÉME. *tire des Rubans Oranges de ſa poche* *.

Bah ! Moſſieu' ; j'en ons une proviſion en
réſerve. je n'attendions que l'occaſion de les
montrer. adieu, Mr. , adieu. je n'arriverons
jamais aſſez tôt pour leu' porter là bas s'te
bonne nouvelle. (*il ſort.*)

***

SCENE III.

GUILLAUME, LE PERE.

LE PERE.

Eh ! bien, Mr. le Devin ? Guillaume ? le con-
noiſſez-vous ?

GUILLAUME, (*ſe jettant à ſes genoux.*)
Oüi, mon pere.

LE PERE.

Comment, mon fils, eſt-ce vous ? & que ſigni-
fie ce déguiſemeut ?

GUILLAUME.

Ah ! mon pere, promettez-moi de me par-
donner.

LA

_____

* Il faut avoir vû le moment de la révolution pous
bien entendre ce jeu de théâtre.

LE PERE.

Levez-vous, mon fils, pourquoi m'avez-vous quitté? ... affligé de votre départ, j'ai cru vous trouver dans ces lieux qui ont vu élever votre jeunesse; j'y suis accouru sur vos pas. d'où vient que vous portez cet habit? pourquoi me demandez-vous pardon? quelle faute avez-vous donc commise?

GUILLAUME.

Si c'en est une, mon pere, je suis prêt à la réparer: mais avant de me condamner, je vous conjure de m'entendre.

LE PERE.

Expliquez-vous, mon fils.

GUILLAUME.

Vous voyez l'ouvrage de l'amour. votre fils n'a pû s'en défendre. pêcheur sur ces bords j'y trouvai une jeune paysanne, l'exemple & le modéle des vertus. je l'adorais; j'avais sçu lui plaire, & j'allais être heureux, quand je l'ai quittée pour voler vers vous. mais ma passion n'a pû s'éteindre: je vous ai laissé, mon pere, j'ai voulu la revoir; ma destinée est attachée à la sienne. vouloir me séparer d'elle, c'est me donner la mort.

LE PERE.

Mon fils ! ..

GUILLAUME.

Oüi, mon pere; j'embrasserai vos genoux: vous vous souviendrez que ce fils a combattu votre erreur, vous a prêté le flambeau qui vous éclaire, vous a remis, j'oserai le dire

dans

dans le chemin de l'honneur. je demanderai
Sophie comme une grace; je l'exigerai comme
une recompense. j'invoquerai votre pitié; j'at-
testerai votre reconnoissance! non, mon père,
vous n'aurez pas le courage de m'arracher la
vie, quand c'est de moi que vous tenez le bonheur de la vôtre.

Le Pere.

Levez-vous, mon fils. (*plus ten ment.*)
leve-toi, te dis-je; sois heureux, j'y confens:
mais ne me fais plus souvenir de ma faute; oublions ces jours de mon aveuglement. il revient
mon fils, celui que nous desirons. Ce jour va
le rendre au peuple qui l'adore. Ah! souf-
fre que les pleurs de la joye succèdent aux larmes de mon repentir.

Guillaume.

J'y mêlerai les miens, mon père; il les verra; il recevra notre hommage.

Le Pere.

Ah! mon fils, que tout ce que j'ai vu sur
ma route a servi à me faire détester mon erreur!
je trouvais partout la bienfaisance, la reconnoissance & l'amour. les chiffres de mon prince, les vœux du peuple tracés sur le sable des
chemins. en arrivant ici même, un enfant que
la raison éclaire à peine ... Ah! mon fils,
cette aventure est trop étonnante pour que
je ne vous la raconte pas. * il m'aborde ayant
à la main une Orange qu'il me montroit; ,,
toove, myn heer, me disoit-il; je ne fis pas d'a-
bord trop attention à ses paroles, & tirant ma

E

bour-

* ce trait est arrivé dans Schevelinge même, à un ami
de l'auteur.

bourſe, j'allais lui donner quelque monnaye:
mais lui; ,, *geen gelt, myn heer, maar Uranje
booven* " je le regarde étonné, & le prenant
par la main; ,, *jaa, jaa, klein kind, Uranje
booven,* " lui diſje; vous l'euſſiez vu, mon fils,
s'élancer à mon cou, me ſerrer de ſes petits
bras avec un transport incroyable; & moi laiſ-
ſant couler des larmes que je ne pouvois plus
retenir, m'écrier en partageaut ce transport:
,, ô mon prince, mon prince ! . . . ,, .
& cet enfant, mon fils, n'avoit pas cinq ans?

GUILLAUME.

Et moi de combien de ſcenes attendriſſantes
n'ai-je pas été témoin, depuis que ſous cet habit
je paſſe pour un devin dans le village?

LE PERE.

Pour un devin, mon fils? vous ne m'avez
pas dit pourquoi ce déguiſement?

GUILLAUME.

Je l'ai pris, mon pere, pour me dérober aux
regards des anciens compagnons de mes tra-
vaux, & m'introduire plus facilement chez la
mere de ma maîtreſſe.

LE PERE.

Et vous ne vous êtes point encore découvert
à elles depuis votre retour?

GUILLAUME.

Non, mon pere; mais j'eſpère en trouver
bientôt le moment, la mere ce matin m'a fait
venir pour me conſulter ſur un rêve; j'ai été
introduit chez elle, & tandis qu'elle eſt allée
maintenant le raconter dans le Village avec ma
prédiction, ſa fille m'a fait demander une con-
ver

verfation particuliere. Je l'attends ici : elle vient me confulter fur moi même. Ah ! mon père, je vais jouir d'un plaifir bien nouveau.

LE PERE.

Votre amour vous trahira, mon fils; il ne pourra fe déguifer longtems. . . . mais quelle eft cette enfant qui vient à nous?

SCENE VIII.

GUILLAUME, UNE PETITE FILLE, LE PERE.

LA PETITE FILLE, (au pere.)

Monfieur, pourriez-vous m'indiquer où demeure le devin dont on parle tant à la ville?

LE PERE.

Le devin ! que lui voulez-vous?

LA PETITE.

Monfieur, je voudrais lui parler.

LE PERE.

Qui vous envoye à lui?

LA PETITE.

On ne m'envoye pas, Monfieur; je viens bien toute feule-mais pouvez-vous me l'enfeigner?

LE PERE.

Très facilement. le voilà.

E 2

LA PETITE.

Ah! Monsieur, c'est vous qui êtes le devin! dame, je ne savois pas cela . . . .

GUILLAUME.

Eh bien, qu'avez-vous à me dire?

LA PETITE.

Monsieur, je voudrais bien vous consulter sur quelque chose.

GUILLAUME.

Sur quoi?

LA PETITE.

Monsieur, sur une chanson.

LE PERE.

Sur une chanson!

LA PETITE.

Ah! oui; mais ce n'est pas une chanson comme une autre, c'est une chanson sur le Prince, tout le monde dit comme ça qu'il va revenir bientôt, & moi, j'ai fait une petite chanson pour chanter quand il sera revenu.

LE PERE.

Mais, ma petite, vous avez donc bien de l'esprit à votre âge pour faire une chanson sur le prince.

LA PETITE.

De l'esprit, Monsieur? bah! il ne faut pas d'esprit pour cela, il n'y a qu'à dire ce qu'on pense.

GUILLAUME.

Vous aimez donc bien le prince?

LA

LA PETITE.

Monſieur, il ne faut pas me demander cela, Je ſuis de la Haye.

GUILLAUME.

Et vous le connoiſſez ſans doute?

LA PETITE.

Non, Monſieur; Ah! je voudrois bien le voir!

GUILLAUME.

Si vous en avez tant d'envie, je puis vous contenter.

LA PETITE.

Vous pourriez me faire voir le Prince!

GUILLAUME.

Je vous montrerai ſon portrait.

LA PETITE.

Son portrait! Ah! Monſieur . . .

GUILLAUME; (détachant un portrait qu'il portait ſous ſa robe.

Le voilà.

LA PETITE, (baiſant le portrait avec tranſport.)

Ah! oüi; c'eſt bien lui même.

GUILLAUME.

Vous diſiez que vous ne le connoiſſiez pas?

LA PETITE.

Non, mais j'ai vu ſes Enfants; les petits Princes.

GUILLAUME,

Les petits Princes!

E 3   LA

LA PETITE,

Surement, Monfieur ; ils font venus chez nous, dans un temps , … Ah ! nous étions bien dans la mifére dans ce temps là, … mon Pere venoit de mourir: Maman étoit malade, c'étoit l'hyver ; & moi, Monfieur, & mes petits Freres, nous n'avions ni pain, ni feu, ni habits: Eh ! ben Monfieur ; les petits Princes, ils nous ont fait apporter à manger, ils nous ont fait faire du feu , ils nous ont donné des habits , & puis encore tout plein d'argent qu'ils avoient dans leurs poches …

LE PERE,

Comment ? …

LA PETITE.

Oüi Monfieur, tout la Haye vous le dira. (*elle regarde le portrait.*) Ah ! ça Monfieur le devin, c'eft donc bien vrai qu'il va revenir? ce fera t'il bientôt ?

GUILLAUME.

Aujourd'huy même.

LA PETITE.

Ah! Monfieur, en ce cas là, il faut que je m'en retourne bien vîte.

GUILLAUME.

Mais vous nous direz votre chanfon.

LE PETITE.

Ah ! bien Volontiers, Monfieur, je ne fuis venue que pour cela. Mais il ne faudra pas vous moquer de moi.

GUILLAUME.

Ne craignez rien.

LA

LA PETITE.

Dame, fi ma Chanfon n'eft pas bonne, ce n'eft pas la faute du fujet.

LA PETITE, (Chante.)

(AIR, tous les Bourgeois de Chartres.)

Mon Frere, allons enfemble
Pour le voir arriver.
Ma Mere a dit qu'enfemble,
Il nous faudroit crier.
Ah! de tout notre Cœur!
Croyons, croyons ma Mere.
Les uns diront: notre fauveur,
Notre appui, notre protecteur . . .
Nous dirons: notre Pere.

LE PERE.

Bien, bien; c'eft fort bien.

LA PETITE, (même Air.)

Pourrons-nous à notre âge
Nous faire entendre là?
Parmi tout ce tapage
Crois-tu qu'on nous verra?
Ah! nous ferons déçus.
Plus foibles que les autres
Tous nos efforts feront perdus:
Leurs cris feuls feront entendus,
Et point du tout les nôtres.

Même Air.

Mais fi par aventure
Nous pouvons approcher,
Et zefte à la voiture
Il faut nous accrocher;
Puis quand il defcendre,
Crac, la petite Fille,
A fes genoux, par-ci, par-là,
Les deux mains fur fon cœur dira:
Voilà votre Famille!

LE PERE.

Mais c'est très bien, Mademoiselle.

LA PETITE, (au devin.).

Eh! bien, Monsieur, ce sera donc ce soir que je pourrai la chanter.

GUILLAUME.

Oüi.

LA PETITE.

Ah! comme je vais être contente! & ma Mere donc, Monsieur, ma Mere, elle ira avec toutes les Femmes pour trainer la voiture de la Princesse, & puis les Hommes traineront celle du Prince. Ah! c'est de ce coup là que je suis fâchée d'être petite!

LE PERE.

On doit vous tenir compte de l'intention.

LA PETITE:

Oüi; mais ce n'est pas la même chose pour moi . . . . (au devin en regardant le portrait) Monsieur ; ne me refusez pas ce que je vais vous demander.

GUILLAUME.

Quoi?

LA PETITE.

Monsieur, je vous en prie, donnez-moi le portrait.

GUILLAUME.

Volontiers, s'il vous fait plaisir,

LA PETITE.

Ah! Mr., comme vous me faites bien aise! quand je serai à la Ville je le mettrai pour aller

ler an devant du Prince, & je fuis fûre que tout le monde voudra en avoir un comme ça.

GAILLAUME.

Et vous aurez la gloire d'en avoir donné l'idée.

LA PETITE.

Et de l'avoir porté la premiere encore ———
Et puis on dit auffi qu'il ira à la Comédie, le Prince. Ah! fi je pouvais tout doûcement me gliffer là dedans fans qu'on me voye, pendant qu'il ferait là, qu'il ne s'attendrait à rien, je vous lui chanterais ma petite Chanfon, il ferait ben étonné!

GUILLAUME.

Vous n'avez qu'à demander la permiffion d'y entrer, fans doute on ne vous la refu-fera pas.

LA PETITE.

Ah! Monfieur, qui eft ce qui fait? * . . . Mais je m'amufe ici moi; Je ne fonge pas que j'ai bien de l'ouvrage à faire.

GUILLAUME.

Quel ouvrage?

LA PETITE.

Comment, Monfieur? & ne faut-il pas que j'habille mon petit Frere donc? que je pré-pare des Rubans, des Cocardes, Ah! mon Dieu- ça ne finit pas. Adieu, adieu, Mes-fieurs

* Allufion au refus étonnant qu'on a fait de jouer cette piéce, dans la Troupe de préfent à la Haye, & cela depuis près de 2 Mois.

F

fieurs. (*au devin*) fi vous venez une fois à la
Haye (*montrant le portrait*) venez voir votre portrait, je vous affure que vous ferez
bien reçu. (*elle fait deux pas pour s'en aller*)
mais, Monfieur, où faut-il le placer?

GUILLAUME; *montrant fon Cœur.*

Là.

LA PETITE:

Là?... Ah! vous avez raifon; c'eft bien
fa place:

(*Elle fort en chantonnant, mon Frere
allons enfemble . . . .*)

SCENE V.

GUILLAUME, LE PERE.

GUILLAUME.

Eh! bien, mon Pere? à quoi réfléchiffez
vous?

LE PERE.

Je ne puis m'empêcher, mon Fils, d'être
étonné de tout ce que je vois. Chaque inftant
m'offre un nouveau fujet d'admiration. Ah! fi
l'amour des peuples * immortalife les Princes,
le nôtre, mon Fils, doit vivre à jamais.

GUIL-

A l'arrivée du Prince, tandis que le peuple l'en-
touroit, le portoit, l'accabloit des marques rédoublées
de s'en amour, on entendoit le Prince dans un excès de
fenfibilité s'écrier; AH! C'EST TROP POUR UN HOMME!

GUILLAUME.

Sans doute, mon Pere, sans doute, je penfe comme vous. (*à part*) mais il eft dejà tard: Sophie devrait être venüe; elle craint peut-être d'approcher. (*Haut*) mon Pere . . . .

LE PERE.

Je vous entens, mon Fils; je vais me retirer pour un moment

GUILLAUME.

Voici Claudine. bon.

SCENE VI.

CLAUDINE, GUILLAUME, & LE PERE.

CLAUDINE, *à part au devin.*

Moffieu' le devin, défaites vous de s't'homme là Mam'felle Sophie va defcendre (*Haut*) g'ni a qu=uqu'un qui voudrait ben vous confulter, Moffieu' le devin? Ce Moffieu là a t'il bentôt fait de vous conter fon affaire?

LE PERE.

Ouï, j'ai terminé tout avec Monfieur.

CLAUDINE.

En ce cas-là, je ne voulons pas vous dire de vous en allai; mais fi je n'avions rien à faire ici, je n'y refterions pas.

LE PERE,

C'eft-à-dire que vous defireriez être feuls.

F 2   CLAU-

CLAUDINE.

Eh ! bon, vous l'avez deviné sans être forcier. Vous devez ben vous douter que je ne sommes pas ben aise que tout le monde entende nos secrets.

LE PERE, *ironiquement.*

Il suffit, je vous céde la place. Adieu, Mr. le Devin. Adieu la belle aux secrets. (*il sort*)

SCENE VII.

CLAUDINE, GUILLAUME,

CLAUDINE.

Ce Mossieu' a l'air de se gausser de nous parce qu'il est de la Ville, i s'imagine que je n'avons pas aussi nos secrets au Village... Mr., j'allons apeller not' Maîtresse... — venais, venais donc, Mam'selle ; g'ni a pu personne Avançais sans crainte. Vous v'là en bonnes mains. Contez-li vot' chance ; & nons de not' côte j'allons faire le guet, & je vous avertirons si l'ennemi viant-

---

SCENE VIII.

SOPHIE, GUILLAUME.

SOPHIE, *bien timidement*.

Vous me voyez confuse, Mr. quand je ne devrais être occupée que du bonheur de revoir bientôt notre Prince, faut-il que d'autres intérêts me forcent à vous consulter ?

GUILLAUME, *avec embarras*.

Rassurez-vous, mademoiselle. j'ai trop bien lu dans votre cœur vos sentiments pour lui. il ne peut être offensé des nouveaux intérêts qui vous aménent à moi. faites-les moi donc connaître. ils me touchent peut être plus que vous ne pensez.

SOPHIE.

Ah ! Mr., on voit bien que vous ne devinez pas le Sujet qui me conduit ici. si vous dites qu'il vous intéresse. il est bien loin des grands objets qui vous occupent.

GUILLAUME.

N'importe ; quelqu'il soit, je suis prêt à vous écouter. parlez.

SOPHIE.

Ma mere, Monsieur, lorsque vous lui parliez tantôt de mon mariage, vous a nommé . . . . . .

GUILALUME, *presque en tremblant*.

Guillaume. qui fut votre amant . . . . . . penseriez-vous encore à lui ?

F 3   SCE.

SOPHIE.

Ah! Monfieur, comment pourrois — je ne
pas y penfer? il m'avait tant juré qu'il m'ai-
meroit toujours! pouvais·je craindre de le
perdre?

GUILLAUME.

Et quel malheur vous en a privé?

SOPHIE.

Helas! Monfieur, un bien terrible; car tout
le monde dit qu'il a commis une grande faute,
pour moi, fi j'écoutais mon cœur, je ne le croi-
rais pas coupable.

GUILLAUME.

Croyez·en votre cœur; Guillaume eft inno-
cent. les apparences, il eft vrai, font contre
lui, mais il me fera facile de le juftifier.

SOPHIE, vivement.

Ah! Monfieur, juftifiez·le donc aux yeux
de ma mere.

GUILLAUME, vivement.

Elle fera bientôt détrompée; Guillaume ne
tardera pas à reparoître parmi vous.

SOPHIE.

Quoi, Monfieur? . . .

GUILLAUME.

Vous le verrez bientôt, dis·je, mais il eft
bien change!

SOPHIE.

Changé?

GUILLAUME.

Oüi ; Guillaume pêcheur a retrouvé fa famille & fa fortune. il vient mettre à vos pieds
des richeffes dont il ne peut jouir, s'il ne les par-
tage avec vous.

So·

SOPHIE.

Ah! Monſieur, que m'apprenes - vous? je ſuis plus malheureuſe que jamais. Guillaume au ſein de l'opulence voudra-t'il encore jetter les yeux ſur moi? il aura ſans doute oublié notre amóur.

GUILLAUME, ſe débaraſſant de ſa perruque & de ſa barbe & tombant aux pieds de Sophie.

Non, il ne vous a point oubliée. Guillaume ne peut jamais oublier Sophie.

SOPHIE.

Que vois-je?

GUILLAUME.

C'eſt lui, c'eſt lui-même qui revient pour t'aimer, pour t'adorer. raſſure toi, Sophie, mon pere eſt ici, il conſent à notre union. le Prince va paraître, & mon bonheur ne dépend plus que de toi.

SOPHIE.

Ah! s'il ne dépend que de moi, tu ſais qu'il eſt bien aſſuré.

SCENE IX.

SOPHIE, GUILLAUME, CLAUDINE.

CLAUDINE.

Eh! vite, eh! vite, v'là not' maitreſſe qui deſcend de ce côté ci avec ce Moſſieu' qu'était là tout à l' heure.

GUIL-

GUILLAUME.

Mon pere?

CLAUDINE.

Son pere! eh! dieu me pardonne, je crais
que c'eſt Moſſieu' Guillaume.

GUILLAUME.

C'eſt moi-même, Claudine.

CLAUDINE, à *Magdelaine.*

Eſt-il poſſible? ah! . . eh! v'nais v'nais
donc, Mndame. v'là Moſſieu le devin qu'eſt
devenu Moſſieu Guillame.

SCENE X.

SOPHIE, MAGDELAINE, LE PERE, CLAUDINE, GUILLAUME.

SOPHIE, *courant à ſa mere:*

Ah! ma mere!

MAGDELAINE.

Je Savons tout, ma fille. ce moſſieu' nous a
tout dit. i veut bien devenir ton pere; & pour
nous je ſerons trop heureuſe d'etre la mere
de Guillaume.

SOPHIE. *au pere.*

Ah! Mr.!

GUILLAUME.

Ah, ma mere!

LE

Le Père.

Point de remercimens. Nous avons d'autres foins à remplir. le Prince ne peut Plus tarder. hâtons nous de nous rendre à la Haye c'eft à fon retour que vons devez votre bonheur; il eft bien jufte que vous lui en faffiez hommage

---

SCENE DERNIERE.

NICOLAS, SOPHIE, MAGDELAINE, LEPERE, GUILLAUME, CLAUDINE.

Nicolas.

Ah! mafi, c'eft de ce coup·là que le devin a ben deviné la vérité V'là morgué le Prince qui revient; i font là tout le Village qui s'en vont pour le voir arriver (*apparcevant Guillaume*) mais. qu'eft·ce que je vois? ah?

(*Un grand nombre de Payfans & de Payfannes entrent avec des Rubans & de Drapeaux Oranges en criant*, hoezée, hoezée, hoezée, hoezée.)

Le Père.

Allons, mon Fils, mes Enfants uniffons nous à ce peuple. Mêlons nos cris à fes cris d'allégreffe.

(*On entend le bruit d'un Canon éloigné.*)

Entendez·vous le bruit du Canon? c'eft le fignal. Notre Prince approche. Oblions nos malheurs, l'inftant qui nous le ramene les a tous effacés.

(*Tout le monde fort en criant:* hoezée, hoezée, Viva Oranje hoezée, hoezée.

G   N ij

NICOLAS, *toujours stupéfait.*

Mais, not' Femme, explique nous un peu
ce que ça veut dire ?

CLAUDINE.

(Pendant ce couplet elle lui entortille au
tour du corps un g nd Ruban Orange &
finit par l'entraîner.)

J'avons ben le tems de te raconter tout
ça Monsieur Guillaume, étoit le devin. Son
Pere est ce biau Mossieu'. Il lui donne Ma-
m'selle Sophie. Notre Maîtresse y consent.
J'allons voir le Prince. Je reviendrons. On
fera la Noce, & je serons tous contens.
Mais, vians, vians, vians donc vîte ; je n'arriverons jamais assez tot.

(Le Ruban est attaché.)

NICOLAS.

Morgué, ne te fâche pas, not' Femme.
AVEC CES CHAINES LA, JE TE SUI-
VRIONS AU BOUT DU MONDE.

Fin de la Piéce.

DIVERTISSEMENT
EN
VAUDEVILLES

Le Théâtre réprésente une Place publique de la Haye, au lever de la toile, l'orcheſtre jouera un Air de Ronde ; à la repriſe duquel entreront en deux Chœurs, en chantant & en danſant les Hommes & Femmes qui auront traîné les Voitures du Prince & de la Princeſſe.

AIR : *Réveries Grecques*, No. 8.

RONDE.

Chantons, Danſons, Chantons tous,
J'ons ramené le Prince cheux nous.

RONDE'
Réveries, No. 9.

UN HOMME *Chante.*

J'avons ramené le Prince.
I n's'en ira morgué plus.
Quand i quittit c'te Province,
Je nons crûmes tous perdus.
V'la qu'ſon retour nous apprête
Les plaiſirs que j'aimons tant :
Ah ! g'ni avoit pu' de fête
Quand il étoit abſent.

CHŒUR.

Ah ! g'ni avoit &c. &c.

RONDE.
UNE FEMME *chante.*

On m'a dit que la Princeſſe,
Tout pendant que j'la menons,
N'ceſſit d'pleurer de tendreſſe ;
Voyant comme je l'aimions.
J'arni, n'faut pas qu'all' s'arréte
A s'étonner de cela :
Ah ! j'n'avions plus de fête,
Quand all' n'étoit plus là.

G 2   CHŒUR.

CHOEUR.

Ah! j'a'avions &c. &c.

RONDE.

UN HOMME.

Morgué, comme j'allons rire
Du matin jusques au soir.
Tous les jours j'voulons redire
Ce que je venons de voir,
J'n'aurons plus rien dans la tête
De c'qui nous affligeoit tous:
Ah! j's'rons toujours en fête
Tant qu'i sera cheux nous.

CHOEUR,

Ah! j's'rons &c, &c.

RONDE.

UNE FEMME.

J'fom' tretous dans l'allegresse,
Et j'avons ben d'quoi pour ça.
Mais j'voudrions que la Princesse
Nous vit gais com' nous voilà.
Faudroit ben qu'alle s'apprête
A rire avec nous ici:
Ah! pour que j'fassions fête,
Faut qu'alle en soit aussi.

CHOEUR.

Ah! pour que &c. &c.

LA PETITE *Fille arrivant au milieu &*
parlant à sa Mere qui vient avec elle.

AIR: *du pas redoublé.*

Maman, par-tout je vous cherchais.

LA MERE.

Que nous veux tu Clarice!

LA PETITE.

J'ai vû le Prince de tout près
Par ma petite Malice.
Il nous a vus à ses genoux
Sortant de sa voiture,
Nous a pris par les mains: LEVEZ-VOUS.
La charmante avanture!

L'er-

L'orchestre joüe une ritournelle. Les Hommes & les Femmes se rangent des 2 Côtés, à l'entrée des Pêcheurs de Schevelinge, qui arrivent Hommes & Femmes, en portant leur pêche dans des Paniers sur leurs têtes. Nicodème est avec eux.

NICODEME, seul.

J'portons au Prince note pêche.
C'est du bon, oüi da,
G'ai a rian comme ça.
Jamais on n'a vu telle pêche.

CHOEUR, Dansant.

Allon gai, réjouissons nous,
Qu'chacun d'nous se dépêche.
Allons gai, réjouissons-nous;
Tout va bien pour nous.

NICODEME, seul.

I n'aviont rian, que j'me rappelle,
Attrappé du tout.
L'jour étoit au bout
V'là qu'j'arrive avec ma nouvelle.

CHOEUR, Dansant.

Allons gai, réjouissons nous.
Qu'elle bonne nouvelle!
Allons gai, &c.

NICODEME, seul.

V'la que j'leu dis avec confiance:
Jettez vos filets:
V'là que tout exprés,
Le Poisson vint en abondance.

CHOEUR, Dansant.

Allons gai, réjouissons-nous.
Ah! pour nous qu'elle chance!
Allons gai, &c.

NICODEME, seul.

Mais morgué nous fallut attendre,
I se disputiont,
Je les entendions,
A stila qui s'frait le premier prendre.

G 3   CHOEUR;

CHOEUR, *Dansant.*

Allons gai, réjouïssons-nous,
J'ons GAGNÉ POUR ATTENDRE.
Allons gai, &c.

UN DES HOMMES, *qui ont trainé*
le Prince.

AIR: *Oh, oh, oh, oh.*

Morgué j'ny pouvons pû tenir.
Mais voyez l'impudence,
Qu'ils ont ceux là de s'en venir
S'emparer de la danse!
Acoutais donc: vous a t'on dit
Qu'jons mené le Prince aujourd'hui?
Oüi,
Oh, oh, oh, oh! ah, ah, ah, ah!
Faut pas danser ici sans ça.

CHOEUR, *des Hommes & des Femmes*
qui ont trainé le Prince,

Oh, oh, oh, oh! &c.

NICODEME.

Morgué tous à son amitié
J'ons des droits com' vous autres,
J'pouvons donc mettre de moitié
Not' danse avec les vôtres.
Tout comme vous j'savons l'aimer,
Tout comme vous je d'vons danser.
Sauter.
Oh, oh, oh, oh! ah, ah, ah, ah!
J'allons bentôt vous fair' voir ça.

CHOEUR, de Pêcheurs, Paysans & Paysannes.

GUILLAUME le devin arrivant avec son père, Magdelaine & Sophie. Vaudeville de Figaro.

Amis, point de violence !
Du devin craignez la voix,
Mon art à votre croyance,
En imposait autrefois.
J'ai perdu cette puissance ;
Mais Guillaume a dans ce jour,
Des droits sur vous par l'Amour.

NICODEMBA

AIR: ah Monseigneur.

D'quoi vont ils s'aviser aussi,
D'nous empêcher d'danser ici ?

UN HOMME, de ceux qui ont traîné le Prince.

Morgué j'avions tort en ce cas.
C'est que j'ne Réfléchissions pas.
Que j'som' tous frères dans ce jour,
Pisque j'n'avons qu'un même amour.

NICOLAS, arrive traîné par sa femme avec le ruban
Orange dont il est parlé à la fin de la pièce.

AIR: vive Henry quatre !

Morgué, not' femme,
J't'ons suivi a'te fois là.
Com' çà, tredame,
Tians toujours Nicolas.
Tu f'ras sur mon âme.
De nous c'qui te plaira.

GUILLAUME,

AIR: la jeune iris.

Chére Sophie, ah, ne sois point jalouse.
Du sentiment dont mon cœur est rempli!
Guillaume, même auprès de son épouse,
De ce qu'il voit peut bien être attendri.

So

A.I

SOPHIE.

Comment peux-tu soupçonner que j'envie
Les vœux qu'ici ton cœur forme aujourd'hui?
Guillaume a-t'il oublié que Sophie.
N'agit, ne pense, & ne vit que par lui?

LE LANTERNIER, *dans la coulisse.*

AIR: *de l'amant jaloux.*

La voilà, la voilà, la voilà, la voilà.
Il entre au milieu de tout le monde.

AIR: *de l'ami de la maison.*

C'est la Lanterne Magique,
Chronique, Optique, Physique.
Le Spectacle, le voilà.

Ce que vous allez voir là.
Est un fait très authentique.
GRATIS on vous le montrera.
Personne aujourd'huy ne paiera.
C'est la Lanterne Magique
Comme plus on n'en verra.

C'est la Lanterne magique,
Chronique, Optique, Physique.
Le vrai plaisir, le voilà.
Le Spectacle, le voilà.

CHŒUR.

AIR: *du haut en bas.*

Montrez-nous ça,
Votre Spectacle peut nous plaire,
Montrez-nous ça,
Nous sommes bien pour le voir là.
Mais nous avons encore affaire,
Hâtez-vous de nous satisfaire.
Montrez-nous ça.

LE LANTERNIER.

AIR: *chacun à son tour.*

Messieurs, un peu de patience,
Calmez ces cris impérieux.

CHOEUR.

Morgué j'avons impatience
D'voit ce Spectacle Merveilleux.

LE LANTERNIER:

Ca , que chacun en choisissant sa place
    Du Chariot borde le Contour,
        Chacun à son tour.
        Il faut qu'on passe,
        Chacun à son tour.

Tout le monde se place autour du Chariot.

AIR: *non, rien n'est si fatigant.*

Voyais s'te Procession
D'hom' qui se suiv' à la piste,
Contre s't'arbre bel & bon
Frappant tous à l'Unisson.
Hon, hon, hon, hon, hon, hon, hon.
    Maugré ça l'arbre résiste,
Hon, hon, hon, hon, hon, hon, hon,
    L'arbre morgué tiendra bon.

AIR: *rév. grecques, N°. 29.*

Voyais-vous la maîtresse *
Qui vient dans son jardin?
Voyais-vous sa détresse
Quand all' voit tout ce train?
All' se tir' ben d'affaire
Dans cette Occasion,
All'va prier son FRERE
D'les mettre à la raison.
* Quand la Princesse fut arrêtée.

AIR

AIR: *rev. grecques*, No. 40.

Voyais ici comm' all' trouve ce frere ;
Comme à sa Sœur il fait un compliment.
Puis il lui dit : je voulons pour vous plaire,
Ma Sœur, répondre à votre empressement.
Voilà queuqu'un * qui vous les f'ra ben taire.
Tous nos Garçons suivront pareillement.

AIR: *Carabit.*

Voyais c'monde qui s'prépare ,
On arrive au jardin
Du voisin.
V'là qu'la frayeur s'empare
D'ceux qui fesaient du train,
G'ni a pu' rien.
Voilà pour toujours
Par ce prompt secours
Que l'arbre est raffermi,
Il n'aura plus,
Il n'aura plus,
Il n'aura plus d'ennemi.

CHOEUR.

Voilà pour toujours &c.

LE LANTERNIER.

AIR: *Rêveries Grecques*, No. 9.

V'là la fin de ma Lanterne.
Je n'demandons point d'argent.
Quoiqu' l'intérêt nous gouverne,
Je l'oublions en cet instant.
Seulement si l'ons pu' vous plaire
Not' travail sera ben payé,
Ah! pour notre salaire
j'voulons votre amiqué.

CHOEUR, *au public.*

Ah! le plus beau salaire
Sera votre amiqué.

* Le duc de Brunswick.

N O T E.

J'ai demandé à la direction du Spectacle de la Haye,
à jouer MAGDELAINE, dans ma piéce, & à distribuer
à mon choix les rôles suivant mon droit d'auteur. On
m'a tout refusé. M'étant désistée enfin de ces deux
prétentions si légitimes, ma Soumission n'a pas été plus
heureuse, je me suis présentée par trois fois consécutives
pour obtenir une premiére lecture de mon ouvrage; le
Sr. DUMAIL, régisseur m'a fait répondre: Md. Dorfeuille, a-t'elle un ordre par écrit? * elle ne lira pas sans
cela. Ce sont ses propres mots. Tous les Acteurs & Actri-
ces étaient à peu près présens à cette Singuliére réponse,
le dimanche 4 Novembre de cette année, à l'heure
de midi, au foyer de la Comedie Françoise.
Mr. le Baron de Grovestins, est un temoin irrécusa-
ble des retards & des refus malhonnêtes que j'ai essuyés
de la part des Comédiens; il en a été penétré lui même,
& leur en a montré son indignation.
Hier Mardy 20. Novembre le public a jetté sur le
théatre la brochure des pêcheurs de Schevelinge, en
demandant à grands cris qu'on représentât la piéce &
que Mr. Dorseuille & moi y Remplissions les Principaux
rôles, un accessoire de la troupe un nommé bsdri a
porté la parole & a dit avec ironie; ,, Messieurs, moi,
je n'ai rien à répondre relativement à ça: j'en parlerai."
jouer la piéce bien vite est pour eux le parti le plus
sage; & à ces conditions j'invoque en leur faveur la cle-
mence de ce même public qu'un refus de leur part ne
manqueroit pas d'irriter. Meisner le croiroit-on? Meisner,
(je demande grâce pour lui) m'a menacée d'un procès,
m'a citée à l'Hôtel de Ville, m'accusant devant les juges ** d'avoir fait demander ma piéce par Cabale. Eh!
sans doute, je l'ai fait demander & on la demandera
encore. Est-ce un crime? c'est le plus beau moment de
ma vie. Hoezie! boezie! Viva Oranje, boezie! boezie!
Je pardonne à Meisner, j'oublie tout, s'il veut dire
en ma présence les six mots précédents d'aussi GRAND
COEUR QUE MOI. Mon âme, je le sens, n'est pas
faite pour la haine.

* Faut-il un ordre pour faire son devoir?
** M. M. les juges lui ont fait de grands reproches
de n'avoir pas joué la piéce depuis 2 mois.

LA

La piéce se distribue chez l'auteur, maison de M. Hache , Marchand de Tabac dans le Pooten, prix 1 Florin de Hollande.

l'Auteur s'occupe d'un Observateur des Spectacles où l'on rendra compte du talent des Acteurs avec impartialité. on embrassera dans la Rédaction, les troupes du pais bas, de liége & des Provinces Unies le 1er. cahier paroîtra au 12 decembre.

L'epigraphe portera : HEUREUX QAND NOUS AURONS DUBIEN à DIRE !